BREF DISCOVRS
DV SIEGE DE METZ
EN LORRAI-
NE,

AVEC LA FIGVRE DE
l'aſsiette de la Ville, & partie de la
campagne, du cours des riuieres, &
des lieux auxquelz camperent les
Imperialiſtes.

TRADVICT D'ITALIAN
en François par Hubert Philippe, dict
de Villiers.

A' Lyon,
PAR PHILIBERT
ROLLET.
1 5 5 3.
Auec Priuilege.

A MONSEIGNEVR IEAN
DV PERAT,

Des premiers fruictz en mon iardin cueilliz
Premierement vous en veulx present faire,
Mais ie crains fort que trop tost recueilliz
A vostre goust ne puissent satisfaire:
Tesmoings seront pourtant qu'à vous complaire
De mon pouuoir me vouldroie ordonner,
Ne sachant rien qui me puisse desplaire,
Sinon que i'ay trop peu pour vous donner.

BREF DISCOVRS DV
SIEGE DE METZ EN
LORRAINE,

REDIGE' PAR ESCRIPT
de iour en iour, par vn Soldat, à la re-
queste d'vn sien amy.

TRESCHER amy, ces iours passez me re-
trouuant en la cité de Metz, dans laquelle
i'auois tousiours esté durant le siege dicel-
le, ie receu vne vostre lettre, par laquelle
vous me priez fort affectionnément, que ie
vous enuoiasse succinctement le discours d'icelle guerre.
De laquelle chose(pour n'y estre exercé en sorte que ce
soit, & n'estât point en cela ma profession)i'estois en som-
me resolu, & totalement deliberé de m'excuser enuers
vous. Mais d'autre costé, considerant, l'extreme amytié,
laquelle a de long temps entre nous eu lieu, ie n'ay voulu
faillir de satisfaire (selon que mon petit pouuoir se peut
estédre)à vostre desir. Et ainsi me suis mis à vous rediger
par escript tout ce que i'en ay peu retirer:nó que ie vueille dire que ce soit le tout:pource que ie pense bien que
beaucoup de choses pourroient estre passées, lesquelles
ne sont venues à ma cognoissance. Et encore que bien ie
les eusse sceuës,si-est-ce que plus-tost les ay voulu taire,
q̈uen escriuant les corrompre en aucune partie. Par-

quoy ie vous prie m'auoir pour excusé, si estant aduerty
de quelque autre part, vous trouuiez des choses, lesquelles ie usse en ce mien escript omises. De cela ie vous asseure bien, que ie ne me suis voulu aider d'aulcune menson-
ge, pour seruir d'ornemét, & embellir icelluy mien petit
discours mais ay prins, & choisi toute la pure & simple
verité Et à celle fin que le tout vous puisse estre plus ma-
nifeste, ie vous enuoie le pourtraict de l'asiete de la ville,
du cours des riuieres, & d'aultres choses particulieres,
lequel i'ay faict au moins mal qu'il m'a esté possible. Vous
priant bien fort le vouloir accepter ensemble auec le
bon vouloir, & d'aussi bon cœur, comme ie prieray Dieu
vous maintenir longuement.

L'AN de grace mil cinq centz cinquante deux. le dix-
huictiesme iour d'Auril entra le Roy treschrestiã dãs la
cité de Metz, ville capitalle de Lorraine, tout armé fors
que la teste, & noblement enuironné d'vne fort belle
compagnie d'hommes d'armes : chose certes non moins
plaisante à veoir, comme sumptueuse, & magnifique.

Le iour ensuiuant on commença à demolir, & abba-
tre tous les edifices, & bastimentz, lesquelz estoient à l'entour de la ville : & ruiner eglises, iardins, & toutes autres
murailles, par lesquelles la fortification de la ville eust
peu estre empeschée : laissant S. M. fort bon ordre à toutes choses. Et se partit le xxi. iour dudict mois, afin de
pourfuiure son voiage d'Allemaigne, duquel parler me
passeray à present pour ne me sembler venir à propos.
Et pourfuiuant S. M. l'entreprinse commencée, apres
auoir pasé la riuiere de Moselle, print vne petitte ville
nommée Damuillier, & vn peu apres print aufsi Iuoy,
                                                    lequel

lequel lieu n'eſt moins fort que le premier : auxquelles
deux villes, apres y auoir mis bonnes guarniſons, ſe partit, & en bien peu d'heure print beaucoup de fortz cha-
ſteaux, qui ſe doiuent toutesfois plus toſt appeller retrai-
ctes de brigans, que d'eſtre nommez lieux de guerre.
Pource quilz n'eſtoient pas ſi toſt prins, que par le commandement de S. M. ilz ne fuſſent raſez iuſque aux fon-
dementz. Ces choſes ainſi acomplies, l'armée ſe diuiſa,
pour donner à chaſcun guarniſon ſur les frontieres, à cel
le fin que les Soldatz, leſquelz on cognoiſſoit eſtre du
long chemin laſſez, & trauaillez, euſſent le loiſir, de ſe re-
poſer, & aucunement rafreſchir. Mais enuiron la my Se-
ptembre eſtant venu à la notice de S. M. que l'Empereur, aidé des villes Imperialles, faiſoit grand amas
de gentz pour premierement recouurer Metz, & puis
s'en aller courir ſur la France, au grand dommaige
d'icelle, feit rappeller tous les Soldatz de leurs guarniſons, & coſtoiant le païs de Lorraine à petittes iournées,
les faiſoit demeurer ſur les frontieres de France, & aux
lieux qui luy ſembloient les plus foibles, & qui en auoient
plus de beſoing. Et vn bien peu apres, courant le bruit,
que l'armée de l'Empereur croiſſoit de iour en iour, &
que pour toute reſolution il faiſoit compte de venir cam
per deuant la ville de Metz, S. M. manda l'Illuſtriſsime
Monſeigneur de Gûiſe, accompaigné de beaucoup de
grandz Seigneurs, & Capitaines, tant de Caualerie, com
me de Fanterie : compaignie certes non indigne d'vn tât
magnanime Duc, & courageux. Et pendant le temps
que ſon Excelléce demoura à venir, & à l'arriuée de l'exer
cite de l'Empereur, on ne s'adonnoit à autre choſe, ſinon

quà renforcer toutes les villes de bons rampartz, là où non feullement les habitantz, & Soldatz, mais aufsi les Princes, & grâdz Seigneurs, &(qui plus eft) le Vice Roy mefine, plus couuoiteux de l'honneur que du repos) feirent tant, & fe trauaillerét de telle forte, que la ville fut fi bien guarnie, & ramparée, qu'elle ne donnoit nulle occafion de craindre en forte que ce foit, ny auoir doubte de toutes les forces, & puiffances de l'ennemy. Quant aux viures, & munitions, il en fut apporté en fi grande abondance, que le racompter feullement furmôteroit le croire d'vn chafcun. Ainfi eftant la ville bien fournie, & affez bien fortifiée, on eut nouuelles que l'Empereur eftoit pafsé à Strasbourg, & qu'on penfoit qu'il deuft conduire fon armée deuant Metz, chofe toutesfois qui n'eftoit pas bien acertenée, & en doubtoit on aucunement. Ce que voiant Monfieur de Guife, il luy fembla bon d'enuoier quelques compaignies de Gentz-de-cheual, fi auant, qu'ilz peuffent entendre, & rapporter certaines nouuelles du Camp de l'Empereur: ce que fut fort bien mis en effeÉt. Vn peu apres eftant defia l'exercite prochain de Metz à douze lieues feullement, Monfieur de Randan alla fi auant acompaigné de douze cheuaulx de fa compagnie, qu'il defcouurit les logis Imperialiftes, & print prifonnier vn homme d'affez baffe condition, mais de fort bon difcours & iugemét, qui fut depuis mené à la Court, le parler duquel côferé auec beaucoup d'aultres rencontres, efclarcit, & rendit manifefte, ce que premierement fembloit auoir vn peu d'obfcurité: C'eft-à-fauoir, que l'Empereur pour finale refolution, s'en venoit afsieger la ville de Metz. Qui caufa que plufieurs grandz Seigneurs,

(efmeuz

(esmeuz & esguillonnez d'vn bon vouloir, tresardent desir,& cordiale affection q'vn chascun d'eux portoit à Monsieur de Guise)vindrent luy aider à soustenir le plus grand, & pesant effort qui fust iamais faict de l'Empereur:tellement que la ville se trouua en vn instant pleine de la meilleure & plus gráde partie de la noblesse Françoise.

Le quinziesme d'Octobre le Duc d'Albanie, general de toute l'armée de l'Empereur, acompaigné de l'auantgarde,qui montoit en nombre de vingt mille pietons, & quatre mille cheuaux, arriua en vn village qui s'appelle Saincte Barbe,distant de Metz enuiron vne lieue & demie,estant situé à l'endroit de la ville entre Leuant, & Myiour.

Le iour ensuiuant vint vne grande quantité de cheuaux, & pietós,pour remarquer, & espier la ville deuers le costau de la belle croix,à l'encontre desquelz sortit par commission de Monsieur de Guise,assez bon nombre de gentz à pied, & quelques cheuaulx. Mais pourautant que le païs estoit vn peu scabreux, à cause de tant de vignes,la caualerie ne feit pas beaucoup, tellement que la fanterie pour ce iour là soustint l'escarmouche, estant blessez tant d'vn costé que d'aultre,quelque nombre de Soldatz. Mais pource que les Imperialistes auoient ce desauátaige à tirer harquebusades,pour estre sus la summité de la colline,ilz receurent plus grande perte que ne feirent les Françoys, encor que de nostre partie fussent tuez monsieur de Marigny, & l'Enseigne du Capitaine Gordan,& que le Capitaine de Soles fust griefuement blessé,& que le Capitaine Monfa Lieutenát de mósieur

A   4

de Randan fuſt ſemblablemét bleſſé, de ſorte qúun bien peu apres il rendit l'ame. Et s'eſtre retiré le Duc d'Albanie pour ce iour, ne s'en retourna point camper ſus la colline de la Belle croix (de luy deſia fort bien remarquée) iuſques au 21. iour, commençant à y faire tranchées. Mais il ſe trauailla en vain, pourautant qu'aucunes egliſes eſtant ſituées à l'oppoſite de la colline, dans leſquelles eſtoient aſſiſes aucunes pieces d'artillerie, leur feirent fort grand ennuy. Si eſt ce que pour tout cela le Duc ne laiſſa point de faire mener troys ou quatre petitz paſſe-uolantz, auec leſquelz il feit tirer cinq ou ſix coups, ſans que pour cela on en receuſt aucū dōmage. Et en ces en-trefaictes ayant aſſez bié enleué quelques tranchees, feit poſer quatre enſeignes ſus icelles, leſquelles eſtoient en vn endroict ſi eminent, qu'elles pouuoient eſtre veuës de la Ville : ne tendant par cela à autre choſe, qu'à faire nai-ſtre aux cœurs des Soldatz aucune peur ou crainte. Mais en lieu que telles enſeignes en ventelant deuoient eſtre occaſion de quelque esbahiſſement, au contraire elles creurent, & renforcerent tant la hardieſſe, & ardent de-ſir de les pouuoir gaigner, qu'vne bonne quantité de Soldatz en ordre ſerré, & bien armez, auecque vn grand couraige aſſaillit les trenchées des ennemys d'vne ſi bra-ue ſorte, qu'à bien grand peine les enſeignes peurét eſtre garenties, qu'elles ne fuſſent en grand triomphe dans la Ville rapportées. Toutesfois ce fut bien aſſez, que les lo-gis des Imperialiſtes fuſſent par eulx quittez, & aban-donnez auec grande quantité d'armes, & munitions. Et le tout bien conſideré, & le peu de profict qu'ilz auoient faict en ce lieu, & auec quel grand, & eminent danger ilz
y faiſoient

y faisoient seiour, le Duc ne voulut qu'ilz y demeurassent plus, ains delibera de s'en aller camper à l'Abbaie de S. Clement, deuât la porte Champenoise, & S. Thibauld. Ce que voiant Monseigneur de Guise, feit sortir quelque nombre de cheuaux, & pietons, le couraigeux trauail desquelz ne cessa iamais de molester, & donner fascherie de tout le iour aux ennemys, qui peu à peu se retirerent, & prindrent pour garent certaines petittes montaignettes, pour plus aisement, & auec moindre danger oultrepasser la riuiere de Saille. L'escarmouche dura assez, & fut sanguinolente tant d'vn costé que d'aultre, mais beaucoup plus deuers les Imperialistes ; pour ce que les François donnerent sus la queüe, là ou ilz rencontrerent des Soldatz (oultre ce qu'ilz estoient assez affectionnez à poursuiure leur poincte) empeschez auec le bagaige, & le païs fort fascheux, pour la grande abondance d'arbres, & vignes qui sont en ces lieux, de sorte qu'il fut impossible à la Caualerie, là ou consistoit toute la force de leur arrieregarde, de leur nuire en maniere que ce soit. Ce pendant le Seigneur de Barbanson arriua, lequel feit poser son camp sus la riuiere de Meuse, pour seure sauuegarde des viures, lesquelz incessamment montoient selon la riuiere, loing de la ville enuiron vne lieue du costé du leuant. Arriué que fut le Duc d'Albe deuât la porte Champenoise, il commença toute la nuict ensuiuant à faire drecer trenchées pour se fortifier, & en bien peu de temps feit vne leuée en maniere d'vn fort, là ou il meit quelque six ou sept pieces d'artillerie de campaigne, distant de la porte enuiron quatre cêrz pas : Et ne demeura gueres qu'il en feit encor vn aultre de plus pres, ou il feit

B

affeoir cinq aultres groffes pieces. Et ainfi commença à
tirer en fort grande diligence du cofté de la porte S. Thibauld, & la veille de S. Martin donna commencement
affez froid, & lafche à la batterie des deffences, tellement
quencore la frefche memoire des canonades qui furent données deuant Damuilier, & Iuoy, donnoient
plus-toft occafion de sen mocquer, & gaudir, quaucu-
ne matiere defbahyffement : pource que par lefpace de
fept iours ilz ne pafferent deux centz cinquante coups
en fus, par iour, & quelque fois beaucoup moins. Quel-
quun fe pourroit paraduenture efmerueiller, comme on
laiffoit ainfi les Imperialiftes approcher auec leurs trenchées, & artilleries, fans aucunement les endommaiger,
veu quil eft tout certain que Metz neftoit pas defporueû
dartilleries, ains quil en y auoit vn nombre infiny : mais
pource que la matiere d'icelles eftoit trop mal alliée, &
fondue, elles eftoient autant faciles à rompre, comme
fauroit eftre vn verre.   Parquoy Monfieur de Guyfe
propofa d'en faire reietter en fonte, de forte, que quand
larmée deplaça, il y en auoit ia de faictes quatre pieces,
fort belles, & groffes, qui eftoit la caufe par laquelle les
ennemys ne pouuoient receuoir dommaige aucun, ne-
ftre offenfez par noftre artillerie. Et ce pendant que les
Imperialiftes fe trauailloient à faire battre tantoft vne,
tantoft vne autre tour, tafchant dabatre, & ruiner les defenfes : dautre cofté on ne chommoit en forte quelconque, deleuer entre la porte Champenoife, & de fainct
Thibauld de fort bons, & gros rampars : pource quil fembloit que ce lieu en euft beaucoup plus de befoing, que
nul des aultres : tellement que le Seigneur Pierre Stroffe
aiant

aiant mis en auant vne casematte entre la porte des Allemans, & Amaselle: & estimant que ce lieu fust assez suf-
fisant pour soustenir tout rencontre, qui eust peu estre
faict par les ennemys: l'Illustrissime Seigneur de Guise
luy enchargea, & donna commission de fortifier la porte Champenoise, par force de canonades desia fort endommaigée: Ce qui fut par le Seigneur Pierre Strosse
fort bien mis en execution, auec vne autant curieuse diligence, & grand labeur, comme chose de telle importan-
ce le pouuoit requerir.

Le 12. de Nouembre, arriua au Camp, Albert de Brá-
debourg, lequel feit mener son artillerie dans les prez
qui sont entre Moselle: & l'Abbaie sainct Martin, laquelle est située, & assise audroict de la ville, du costé du Po-
nant, & Tramontane: & là feit drecer son Camp, au des-
soubz de ladicte Abbaie, esloignée de Metz enuiron mille cinq centz pas. Et vous asseure bien que tout homme
qui n'a point eu la commodité de veoir ce Camp là, il a
esté priué de la veuë d'vne des merueilleuses choses de lo-
gementz, & autant bien acommodez qu'il est au monde
possible de veoir: de sorte que qui n'en eust esté aduerty,
en voiant ce Camp là, on l'eust incontinét prins pour vne
tresgrande, & belle Cité. Et aiant fortifiée à l'entour de
son Camp auecques trenchees, & fossez profondz, en af-
seant, & ordonnant son artillerie partie sur vne colline,
moiennant laquelle ilz pouuoient descouurir tous les
prez qui sont entre ladicte colline, & la ville, & partie sur
le clocher de l'Abbaie, il trouua le moien de se renger,
& acommoder en sorte, que son armée monstroit sans
comparaison beaucoup plus grande brauade, que tous

les deux aultres Camps enfemble.

Le feiziefme iour fortit par la porte Amafelle la compaignie du Comte de la Rochefoucault acompaigné de
celle de Monfieur de Randan, auec quelque Fanterie, &
coururent iufques aux tentes du Camp du Duc d'Albe,
là ou vn grand nombre des ennemys furent par eulx
prins, bleffez, & tuez: eftant toutesfois le Comte de la
Rochefouchault naurée en la main dextre d'vne arque-
bufade, & là furent tuez le Capitaine Corné, le Capitaine Casbios, le Lieutenant du Capitaine Fabas, & vn cheual leger de la compaignie de Monfieur de Radan, auec
quelques pietós. Et ainfi ne fe paffoit iour qui fuft, qu'on
n'allaft à l'efcarmouche, en quelque façon que ce fuft:
Mais ie n'ay pas deliberé les reciter toutes par le menu,
pourautant qu'il ne me femble venir à propos, & aufi
que ce me cauferoit fafcherie fort gráde, & aux lecteurs
ne donneroit nul plaifir ny delectation, quád celles auxquelles n'ont efté faictes chofes de grande confequence,
& qui ne meritét louange aucune, ie vouldroie coucher
par efcript. Parquoy ie les pafferay legierement, m'effor-
çant de tout mon pouuoir, & tafchant de n'omettre chofe aucune, laquelle puiffe meriter d'eftre racomptée, &
digne de memoire à l'auenir.

Quand ce vint au dixneufiefme iour, vne partie de la
compaignie du Prince de la Roche Suryon, conduicte
de fon Lieutenant, fortit par le pont des Mores, là ou
ceulx de cefte compaignie fe porterent fort vaillammét,
& prindrent le maiftre de l'artillerie du Marquis Albert,
& beaucoup d'aultres furent par eulx bleffez, & detenuz
fans que pour cela ilz fuffent grandement greuez n'in-
tereffez.

terelfez. Et en cefte faction fe retrouua toute la caualerie du Marquis, quand la compaignie du Prince fe retira couraigeufement, fans auoir perdu le moindre Soldat qui fuft. En ces entrefaictes le Capitaine la Faie, Lieutenant du Côte de la Rochefoucault(auquel seftoit ioinct l'Enfeigne de Monfieur de Randan, auec vn Soldat, ou deux de fa compaignie) arriua au pont, & cognoiffant que les ennemys faifoient femblant de sen vouloir retourner, commença à fe faire veoir, en ordre, & deliberé de leur vouloir faire vne charge, ce que cognoiffant partie des ennemys, feit tefte, & venoit de grand galop encontre la compaignie du Comte, fachant bien quilz deuoient attendre le choc, & neftoient pas attéduz des aultres auec moindre couraige, quilz eftoient animez de donner dedans ladicte compaignie, laquelle fort brauement sacheminoit encontre les ennemys. Et ne voulant l'vne partie, ne l'aultre cailler, ny plier en maniere aucune, fe mirent en la meflée, saffemblât d'vn cofté, & d'aultre, fe trouuerent bleffez & toutes les deux partz, mais beaucoup plus de celles des Imperialiftes : pource que leur caualerie eftoit armée vn peu trop à la legere, qui caufa que de noftre partie ne sen trouua nulz de mortz, ny bleffez, fort l'Enfeigne de Monfieur de Randan, lequel aiant receu vne harquebufade au bras droict, fut contraint en peu de iours de rendre l'efprit. Vous affeurant que les noftres fouftindrent le plus braue rencoutre, & guillarde charge, qui fuft donnée tant que le Siege dura.

Le iour d'apres l'Empereur arriua, à la venue duquel il fe feit vne grandiffime falue d'harquebufes, & artilleries,

B 3

le bruit defquelles fut caufe de faire mettre toute la ville en armes.

Le vingt & troifiefme iour le Seigneur Pierre Stroffe aiant enuie de remarquer, & fauoir l'afsiette des trenchees, fortit hors de la porte Champenoife, auec petit nombre de Soldatz: & en ceft inftant la compagnie de monfieur de Randan fe rendit dens le fofsé, là ou elle fe tint en embufche, iufques à ce qu'elle fuft du feigneur Pierre appellée, laquelle au figne quilz s'eftoient entredonnez, fortit dehors par vn chemin à la couuerte, au deuant de la tour d'Enfer, & courut iufques fur les trencheés: chofe de laquelle ne fe doubtoient aucunement les ennemys, lefquelz n'eurent pas plus-toft les cheuaulx defcouuertz, que craignant de plus grande fuite, fe mirét à tourner les dos, n'aiantz le cœur, ny la hardieffe de monftrer le front en forte quelconque. Ce pendant ilz donnerent affez bon loifir au Seigneur Pierre Stroffe de recognoiftre ce qu'il auoit en fantafie, & s'en retourna la compagnie, aiant mis en fuite, & occis aucuns des ennemys, fans eftre nullement empirée, ny endommaigée, excepté vne harquebufade que receut le cheual de monfieur de Randan.

La nuiét fuyuant vindrent à planter gabions deuant la courtine de la porte Champenoife, & la tour d'Enfer, & là vont pofer artillerie, loing du fofsé enuiron cét cinquante pas, & aiantz les iours paffez battu toutes les defenfes, commencerent fans qu'on leur donnaft grád empefchement, à canoner auec cinquante pieces, ou enuiron, en adiouftant la nuiét d'apres tout ce qu'il leur reftoit d'artillerie: donnerent commencement à la plus mer-

ueilleufe

ueilleufe & efpouentable batterie, qui fut iamais paraduenture ouie. Mais deux ou trois iours deuant quelle
commençaſt, confiderant monfieur de Guyfe quilz ſe-
ſtoient retirez de leur premiere entreprinſe, de battre
entre la porte Champenoiſe, & de S. Thibauld, cogneut
toutincontinent à leur maniere de proceder, & façon
de faire, quilz vouloient donner entre la porte Champenoiſe, & la tour d'Enfer, encore que cela n'euſt rien
qui ſoit de vray-ſemblable, eſtant ladicte courtine la plus
droicte, & de meilleur flanc, & enuironnée de faulces
braies, qui pouuoient auoir en largeur, enuiron deux
centz cinquante pas, & de haulteur, ne pouuant quaſi
eſtre eſchelée : & oultre ce ſouſtenue d'vne fort belle, &
grande platte forme, qui eſtoit ſur le canton de la tour
d'Enfer : Toutes ces raiſons ainſi manifeſtes, perſonne
n'euſt iamais ſceu imaginer, que l'artillerie deuſt eſtre
menée au deuant d'vn tel lieu, & ſi fort pour le battre:
pource que lon n'auoit point abatu les maiſons qui e-
ſtoient en ce lieu là ; leſquelles eſtoient tant contigues de
la muraille, qu'à grande peine y auoit il eſpace pour donner chemin à vne charrette, ce qui eſtoit (à dire vray)
fort dangereux. Mais on cogneut incontinent par pluſieurs ſignes de l'Ennemy (qui eſt le vray maiſtre pour
apprendre à ceulx qui ſont afsiegez de prendre garde à
leur faict) que c'eſtoit le lieu lequel requeroit d'eſtre
auecques grand diligence remparé. Laquelle choſe ne
fut pas ſi toſt cogneüe, qu'on commença de la mettre en
execution, auec ſi grande viſteſſe, qu'en l'eſpace de cinq
iours, la plus grande partie des maiſons fut ruinée, & de-
mollie, auec ce qu'un gros rempart de la haulteur d'vn

homme fut faict tout de terre & de fiens.

Le 26. iour la muraille vint à tomber tout à fleur de terre du foſſé, ſi iuſtement qu'elle ſembloit auoir eſté taillée au burin, de ſorte qu'elle laiſſa ouuerture la longueur de nonante pas tout a-la-fois: mais le répart lequel pour la cheute de la muraille ſe preſenta à la veüe des ennemys, leur donna (comme ie croy) autant, ou plus de faſcherie, comme ilz auoient receu de plaiſir à veoir ruiner la muraille. Et ne laiſſa-on point (encore que ledict rempart fuſt de haulteur aſſez conuenable & ſuffiſante) qu'on n'y trauaillaſt & nuict, & iour, autant bien les femmes comme les hommes de la ville, & Soldatz, & en ſomme, toute perſonne laquelle ſe trouuoit à l'endroict, & qui eſt encore beaucoup plus admirable, les filles qui eſtoient encore bien ieunes, & les femmes leſquelles côtinuellement apperceuoient les pieces de murailles, qui eſtoient d'artillerie frappees, volantz en l'air, bien ſouuent au cheoir, tuer maintenant l'vn, tantoſt l'aultre, non ſeullement n'en receuoir nul esbahyſſemét, mais comme de choſes de petit moment, s'en rire l'vne auecque l'aultre: tant elles eſtoient à l'eſpouentable bruyt acouſtumées: lequel par l'eſpace de ſept iours ne print iamais ceſſe, s'il n'eſtoit par la nuict empeſché. Apres doncque que fut tombée la muraille, & penſantz bien les ennemys que quand ilz ſe reſouldroient de battre vn tel lieu, qu'il n'y auoit aucùn rempart, l'apperceuant puis apres, & l'aiant ſondé auecque ſoubdaines canonades, le trouuant bien ferme, & tresfort, ſe vont imaginer, qu'il eſtoit impoſsible ſi grâde multitude de maiſons auoir peu eſtre ruinées, ſans que Dieu, ou le Diable y euſſent mis la main, & à fabricquer

en ſi

en si peu de temps, vn si gros, & merueilleux bastion, cô-
me estoit celluy là, contre lequel aiantz tiré si grande
quantité de canonades, ilz nauoient eu le pouuoir de lem
pirer en quelque endroict que ce fust. Parquoy cognoif-
santz apertement quil ne leur restoit plus aucun moien
de donner quelque bon aultre commencement à la batterie, se delibererent du tout de prendre la tour d'enfer,
pour enuoier bas le flanc, lequel leur ostoit de ce costé là,
toute commodité de pouuoir canoner, & puis moiennant force mines, se faire chemin assez spatieux, ample, &
conuenable. Ladicte tour estoit grande, fort grosse, & de
tresbonne muraille, & estoit faicte à deux voultes, dond
la premiere noultrepassoit point de beaucoup le fond du
fossé, & la seconde se pouuoit estendre iusque à l'endroict
du plan de la braie. Or les ennemys s'estoient acostez, &
mis au desoubz de ladicte tour, iusque sur le fossé, auec
quatre doubles canons, commençans à battre vn peu au
dessus de la premiere voulte: ce que voiant Monsieur de
Guise, ne faillit de faire remplir de la premiere voulte en
sus, auecques force fiens, & terre, & va lon cômencer au
fonds à contreminer, là ou on ne fut pas beaucoup allé
auât, que l'eau se va trouuer, qui fut cause quon reiecta la
plus grande partie de soufpeçon, & crainte, quon auoit
receüe, à l'occasion des mines des ennemys: mais si-est-ce
que pour tout celà on ne cessa d'y besongner incessamment, & nuict, & iour. Et ce-pendant pourfuiuantz les
Imperialistes ennemys leur batterie, auoient desia abatu
la plus part de la summité des murailles, en y faisant si
grande bresche, que petit à petit, toute la terre tomboit
dans le fossé, & ainsi entre les ruines de la muraille, & de

C

la terre, laquelle ſans ceſſe en ſ'affriſant s'en alloit au fonds, s'eſtoit faicte depuis le pied de la tour, iuſque à la premiere voulte vn monceau de terre ſi gros, qu'il n'y auoit plus moien de battre ſoubz ladicte premiere voulte. Voiant Monſieur de Guyſe qu'on ne pouuoit plus retenir la terre dans le tourion, auec force balles de laine mouillée le feit reueſtir, qui fut cauſe de faire demeurer la terre. Cependant, les mines des ennemys vindrent à ſe rompre, & ne leur peut rien venir à propos, ſeló ce qu'ilz auoient deſia preſuppoſé. Et voila tout ce que peurent faire les ennemys, touchant les mines, & batteries.

Le 1. de Decembre ſortit hors le pont des Mores, & le pont Iſroy, grande multitude d'hommes d'armes, deſquelz fut eſleu en chef monſieur de la Broſſe, & feirent vne courſe iuſques au camp du Marquis, en rompant vn grand bataillon de caualerie, puis vn aultre de pietons, leſquelz eſtátz ſuccombez, leur conuint endurer qu'auec les cheuaulx on leur paſſaſt ſur le ventre, & en demeura tant de naürez, comme d'occiz aſſez bonne quátité, auec ce qu'on en detint beaucoup de priſonniers, ſans qu'ilz receuſſent aucune perte, ny qu'ilz fuſſent en rien endommaigez, ſinon monſieur de Fonteralle, & monſieur de Rocofueil, lequel eſtant griefuement bleſſé, expira bien peu de temps apres, & faict on compte qu'il fut tué de nos ennemys iuſques au nombre de 200.

Le iour enſuiuát s'eſtant rengées en bataille pluſieurs enſeignes du Duc d'Albe, on cóiectura incontinét qu'ilz fuſſent en deliberation de vouloir eſprouuer vn aſſault: Parquoy ſans faire aucun bruyt, les Soldatz commencerent tous à ſe mettre en armes, & auec vn tresbon ordre
rengez

rengez, fe vont prefenter à la bataille, là ou fut mis (pour
ce-que cela fut de luy auec vne grande inftance requis)
tout au milieu de la batterie monfieur de Montmoran-
cy, enuironné d'vne belle compagnie de gentilzhómes.
Et confequemment, & par reng eftoient ordonnez les
aultres Soldatz, tous armez à blanc, brauement equip-
pez, & fi bien rengez que vous eufsiez eftimé le lieu auquel ilz eftoient, n'auoir, ny retenir aucune femblance de
rempart : lequel vn peu au parauant auoit efté bafty de
terre, ains vne tresbelle, & reluifante mótaigne de fer, &
n'y eut iamais perfonne, qui par l'efpace de quatre groffes
heures monftraft femblant qui foit, de fe remuer, ou
bouger du lieu, lequel luy auoit efté premierement or-
donné. Et apres q'uon eut apperceu les Soldatz du Duc
d'Albe fe retirer en leurs quartiers, femblablement aufsi
Monfieur de Guyfe feit faire commandement aux fiens
d'eulx retirer : faifant entendre à Monfieur le Vidame
(lequel eftoit hors de la batterie, commis pour la defen-
fe des faulces braies) q'uil s'en pouuoit retourner quand
bon luy fembleroit.

Le fixiefme iour fufdict, il print enuie à Monfieur de
Randan de fortir hors la porte Amafelle, & courir vne
lance par cheualerie, côtre le Lieutenant du General de
l'armée Imperialifte, ou il aduint que l'honneur demeura à Monfieur de Randan, par ce q'uil paffa vigoureufe-
ment le bras droict au Lieutenant auec le fer de la lance.

Le 28. iour nouuelles vindrent à monfieur de Guyfe,
comme il y auoit en embufche hors la porte Amafelle,
fus les vignes, vn corps de garde, enuiron de cent cheuaux, tant d'Efpagnolz, comme d'Allemans, ce q'uaiant

entendu S. E. feit fortir toute la caualerie, & adrecer par
certains bas chemins, tant qu'ilz paruindrent iufques à
l'embufcade defdictz Efpagnolz, & Allemans: Si-eft-ce
toutesfois, qu'ilz ne peurent fi bien marcher à couuert,
que les ennemys ne s'en aperceuffent en les defcouurât:
mais pour tout cela, ilz ne peurent pas euiter qu'il n'en
demeuraft de prins, & bleffez vne bien grande partie:&
celle fut la derniere faction mife en effect, qui foit digne
d'eftre redigée par efcript: Non que pour cela ie vueille
donner à entendre, que durant le fiege on ne feift iour-
nellement des faillies, & courfes, les vns fur les aultres:
mais ie les ay laiffées pour me fembler chofe de petite im
portance. En ce temps là les Imperialiftes (ou fuft pour
ne leur refter nulle efperance de pouuoir prendre la Ville d'affault, ou aultrement, ou la grande necefsité de viures, à laquelle ilz eftoient reduictz, ou bien les extremes
froidures, qui furuindrent en ce mois là trefcruelles, &
violentes,) commencerét à retirer leur artillerie, & aufsi
par tout le mois de Decembre le Duc d'Albe feit paffer
fon camp par le pont à moulin fus la riuiere de Mofelle.
De l'aultre part le camp de Barbanfon, par vn mefme
iour abandonna les logis, & pour n'auoir la commodité
de pouuoir trouffer, & porter tous leurs bagages, brufla
grande quantité de pouldre, en laiffant de bouletz vn
nombre infiny. Et fut trouué au lieu là ou auoit campé
le Duc d'Albe, grande multitude de malades, lefquelz à
caufe du grand mefaife qu'ilz auoient enduré, n'auoient
eu le pouuoir de deplacer auec les aultres, ny fuiure le
camp:parquoy leur furent portez viures, par le comman
dement de monfieur de Guyfe, pour aucunemét les fou-
lager,

lager,& subftanter,& feit crier à cry public, quil ny euft
Soldat qui ofaft entreprédre de nullement les molefter,
ny faire aucun defplaifir:acte certainement digne d'eftre
faict par vn tel Prince,lequel vfant d'vne fi grande cle-
mence enuers les ennemys,donna fort bien à cognoiftre,
que d'autant plus eftoit il humain enuers eulx,comme ilz
auoient efté cruelz,& pleins de villainie, non feulement
à l'endroict de fes Soldatz:mais aufsi côtre fon frere mefme,à l'heure quil auoit efté rompu vn peu auparauant à
S.Nicolas,par le Marquis Albert de Brandebourg.

Le huictiefme iour furét meneés en vne Ifle,laquelle
eft enuironnée de la Mofelle,à l'endroict, & tout aupres
de l'Abbaie S.Martin, quatre pieces de groffe artillerie,
pour contraindre le Marquis à quitter la place, & delo-
ger,en battant ce iour là le Camp, & l'Abbaie fufdicte
d'vne fi braue forte, quilz furent menez iufque à eftre
contraintz de deplacer auec la grande confufion de luy,
perte,& occifion des fiens,lefquelz eftoient logez dans
l'Abbaie.

Le 9. iour fortirent grandes compagnies pour donner fur la queuë du Camp du Marquis:mais il fut impof-
fible,pource quilz vindrent à rencontrer enuiron quatre mille cheuaulx, & grande Fanterie Efpagnole, laquelle auoit efté delaiffée par le Duc,pour faire efcorte à
larriereguarde:ce que voiantz laifferent leur entreprin-
fe,s'en retournantz le petit pas dedans la ville. Incontinent que les troys Camps furent delogez, Monfieur de
Guyfe fe partit pour reuifiter les lieux abandonnez par
les Imperialiftes à leur grande perte, & honte ignomi-
nieufe,auxquelz eftant paruenu,trouua grand nombre

C 3

de tentes, & pauillons, qui n'estoient pas moindres en
beaulté, comme ilz estoient excellentz en richesse : &
furent delaissez pour la grande incómodité qu'ilz auoiét
de trousser bagaige. Vous aduertissant que là furent
trouuez tant de loges, & casatz fabriquez de terre, paille,
& bois, que c'estoit vne chose fort merueilleuse, & quasi
impossible à croire, qu'vn si grand nombre de gentz se
fust amassé, & campé à l'entour de ceste ville, dond la
multitude eust esté suffisante pour remplir, & habiter
vne si grande quátité de loges par eux faictes, & basties.
Et ne se doibt on point moins estonner, de quelle pitié,
& horreur estoient touchez les cœurs de ceulx, qui ve-
noient à cótempler l'infinité des mortz, qui furent trouuez à l'entour de la ville, lesquelz la cómune opinion est
auoir surpassé le nombre de vingt mille. Voiant Monsieur de Guise toutes les choses estre reduictes en estat fer
me, & seur, & que les armées Imperialles se commen-
çoient à rópre, & s'escarter, il proposa de tirer à la court :
ce ne fut pas toutes-fois auant que partir, sans faire mener processions par toute la Ville, & porter le S. Sacre-
ment auec vne fort gráde deuotion, & solemnité. Et seit
on le 24. iour faire les móstres generalles, tant de la Fanterie, comme de la Caualerie, pour salarier les Soldatz.
Puis se partit son Excellence le 26. iour, disposant premierement de toutes choses, auec le meilleur ordre qu'il
luy sembloit à icelles seant, & conuenable : ne vous pouuant d'autre chose acertener, ny escrire plus oultre : pour-
ce-que ma departie fut le 27. du mois. Et icy faisant fin,
ie prieray Dieu, que tout ainsi qu'il a donné à ces choses
bon & heureux commencement, qu'il vueille permettre
aussi ne s'en ensuiure autre que prospere & meilleure fin.

Il fault noter que durant ce siege, sont mortz enuiron 500. hommes de guerre François, comprenant toutes les factions qui ont esté faictes. Et peuuent auoir tiré les ennemys contre la ville 15000. canonades.

LES NOMS DES CAPITAI-
nes de Caualerie qui estoient
dedans.

L'Illustrissime Seigneur de Guyse, Lieutenant pour le Roy, & Capitaine de cent hommes d'armes.

L'Illustrissime Seigneur Prince de la Roche Suryon, Capitaine de cinquante lances.

La compaignie de l'Illustrissime Seigneur Duc de Lorraine, c'est asçauoir cinquante lances.

Le Seigneur de Gommort, Gouuerneur de la ville, & Capitaine de cent cheuaulx leigers.

L'Illustrissime Seigneur Duc de Nemours, Capitaine de deux centz cheuaulx leigers.

L'Illustrissime Seigneur Conte de la Rochefoucault, Capitaine de cent cheuaulx leigers.

Le Seigneur de Randan, Capitaine de cent cheuaulx leigers.

LES NOMS DES CAPITAI-
nes de la Fanterie.

Le Capitaine Glagnen, mai-
stre du Camp.

Le Capitaine Maugeron.

Le Capitaine Chocuze.

Le Capitaine Bosc.

Le Capitaine Bauz.

Le Capitaine Voguedemare.

Le Capitaine Haultecourt.

Le Capitaine Corné.

Le Capitaine S. Ouan.

Le Capitaine Pierre longue.

Le Capitaine la Grange.

Le Capitaine Ambres.

Le Capitaine Salcede.

Le Capitaine la Mole.

Le Capitaine Gordan.

Le Capitaine Soules.

Le Capitaine Betune.

Le Capitaine Cantaloup.

Le Capitaine S. Aubin.

Le Capitaine Bigues.

Le Capitaine la Cauzere.

Le Capitaine S. André.

Le Capitaine Verdun.

Il se disoit que pour la Guarnison de Metz
demeura la compaignie de Monsieur de
Gommort, qui est de cêt cheuaulx leigers.
La compaignie de Monsieur de Randan, qui
est de cent cheuaulx leigers.
Auec quatorze enseignes de Fanterie.

LA FIN.

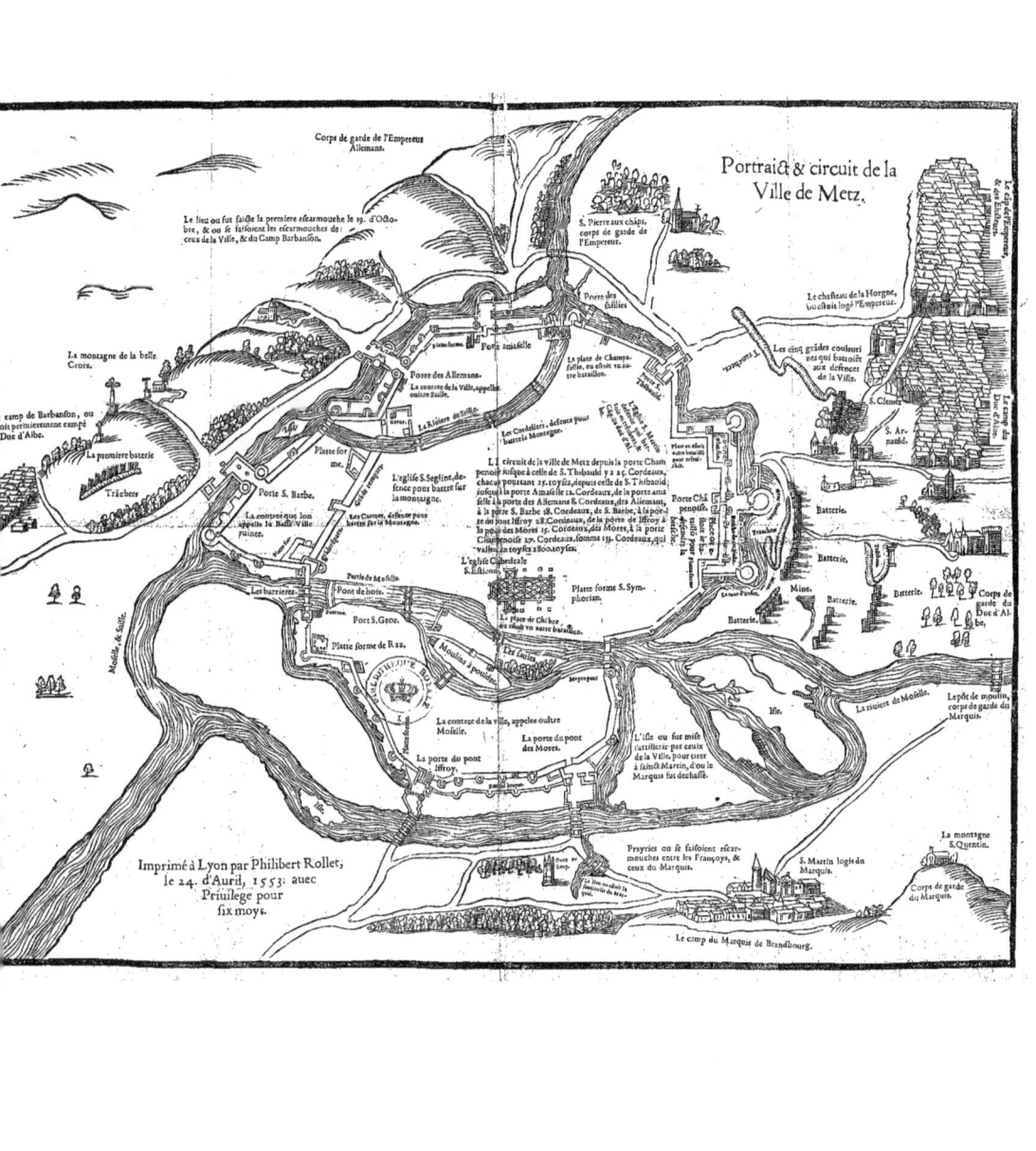

Portraict & circuit de la Ville de Metz.